AF370154

CATALOGUE

DE

BEAUX BIJOUX

ENRICHIS DE

Diamants, Perles et Pierres de couleur

Diadème en brillants avec grosse émeraude.
Collier et Sautoirs de perles. Broches. Bagues. Bracelets.
Boucles d'oreilles. Épingles. Médaillons. Montres.

BIJOUX ANCIENS. BOITES. BONBONNIÈRES

Collection d'Éventails anciens et modernes

Miniatures du XVIIIe siècle et du Ier Empire

ARGENTERIE ARTISTIQUE ET DE TABLE

Cristaux de roche. Émaux. Ivoires.

JOLI BUSTE EN MARBRE « PETITE FRISETTE », d'après HOUDON

Bronzes d'Art et d'Ameublement. Porcelaines. Faïences,
Tableaux. Armes. Meubles. Tentures.

DONT LA VENTE AURA LIEU

*Hôtel Drouot, Salle n° **11***

LES MERCREDI 12 & JEUDI 13 MARS 1902

A 2 HEURES 1/4

Me F. LAIR-DUBREUIL	M. Arthur BLOCHE
COMMISSAIRE-PRISEUR	EXPERT
Successeur de Me DUCHESNE	près la Cour d'Appel
6, Rue de Hanovre	*28, Rue de Châteaudun*

EXPOSITION PUBLIQUE

Le Mardi 11 Mars 1902, de 2 h. à 6 heures

CONDITIONS DE LA VENTE

Elle se fera au comptant.

Les acquéreurs paieront dix pour cent en sus des enchères.

L'exposition mettant le public à même de se rendre compte de l'état et de la nature des objets, il ne sera admis aucune éclamation une fois l'adjudication prononcée.

Paris.— Imp. Ménard et Chaufour, 8-10. rue Milton

DÉSIGNATION

BIJOUX

1 — Diadème d'un rang de roses supportant au centre une applique, pouvant être montée en broche, formée d'une très grosse émeraude entourée d'un double rang de brillants.

2 — Sautoir composé de deux-quatre-vingt-quatre perles.

3 — Collier d'un rang de soixante-trois perles, fermoirs en brillants.

4 — Paire boutons d'oreilles en brillants.

5 — Paire de boucles d'oreilles en perles.

6 — Bague jonc en or enrichie d'un gros brillants.

7 — Bague ornée d'un rubis entouré de brillants.

8 — Bague ornée de cinq brillants.

9. — Epingle à chapeau, tête formée d'une grosse perle ornée de diamants.

10 — Broche fer à cheval en or incrusté de brillants.

11. — Montre d'homme en or à double boitier, chronographe et à répétition, heures et quarts.

12 — Broche forme nœud, ornee d'une émeraude, de brillants, d'une pendeloque en perle.

13 — Bague saphir cabochon entourée de brillants.

14 — Bague ornée d'une grosse perle et de brillants.

15 — Sautoir en or composé de cent dix-huit perles.

16 — Broche Louis XVI, forme cœur, ornée d'une émeraude et diamants.

17 — Bague émeraude entourée de diamants.

18 — Bague en platine, ornée d'une opale, entourée de brilants.

19 — Bague jumelle, six brillants et deux perles fines.

20 — Bague torsade serpent, ornée de brillants.

21 — Broche papillon en brillants, rubis et émeraudes.

22 — Paire boucles d'oreilles, deux brillants.

23 — Bourse en or.

24 — Paires boutons d'oreilles, deux perles fines.

25 — Paire de boutons à vis, perles fines.

26 — Broche or camée avec nœud en diamants.

27 — Bracelets en or, orné de rubis et de diamants.

28 — Epingle à chapeau, grosse perle avec serpent en diamants.

29 — Bague en or ornée d'une miniature.

30 — Collier en brillants et diamants.

31 — Montre remontoir en or à répétition.

32 — Bracelet en roses et perles fines.

33 — Paire boutons de manchettes en or et corail.

34 — Médaillon en or à torsades, orné de jaspe sanguin offrant un monogramme et une étoile en diamants et rubis.

35 — Deux bracelets en or avec boutons de manchettes, ornés de perles et de diamants.

36 — Bague en or, ornée d'un saphir entouré de brillants.

37 — Epingle de cravate forme cercle en or.

38 — Epigle de cravate en or, montée d'un grenat cabochon.

39 — Médaillon forme cœur en or avec turquoise talisman au centre.

ARGENTERIE

40 — Ecuelle avec plateau et couvercle en argent ciselé à fleurs de lys, ornements et rocailles, anses plates à bustes de femmes. Travail de la maison Guerchet, style Louis XIV.

41 — Plateau rond en argent, bordure ciselé à contours et rocailles. Styles Louis XV.

42 — Bonbonnière en argent orné de bouquets en relief, couvercle orné d'une miniature, portrait de jeune fille, sur fond émaillé bleu, entourage à guirlandes de fleurs en marcassittes.

43 — Cafetière tonkinoise en argent ciselé.

44 — Cafetière en argent guilloché, forme persane.

45 — Grand pot à lait en argent, pieds ciselés à feuillages et coquilles. Style Louis V

46 — Petite bouillotte sur lampe en argent uni.

47 — Très petite cafetière en argent, style Louis XIV, poignée en ivoire.

48 — Sucrier en argent, style Louis XV.

49 — Cafetière en argent posant sur trois pieds, couvercle surmonté d'une figurine d'enfant.

50 — Grande tasse et sa soucoupe en argent gravé.

51 — Timbale en argent gravé et guilloché.

52 — Plateau porte-cartes en argent guilloché, bordure à perles.

53 — Petite jardinière en argent repoussé. Style Louis XV.

54 — Coupe à deguster forme feuille de vigne en argent.

55 — Quatre coquetiers en argent.

56 — Pot à crême en argent. Style Louis XV.

57 — Cinq verres à liqueurs en argent guilloché.

58 — Poivrière en argent anglais, forme arrosoir.

59 — Verre en argent guilloché, intérieur doré.

60 — Plateau en argent gravé, bordure et anses ciselés à rocailles. Style Louis XV.

61 — Porte-tasses et cuiller en argent doré et gravé à personnages. Travail russe.

62 — Petit moutrrdier en argent à godrons.

63 — Porte-curedents en argent guilloché.

64 — Quatre cuillers à œufs en argent.

65 — Cuiller en argent russe.

66 — Deux salières sur trois pieds en argent.

67 — Ciboire en argent.

68 — Carafe garnie d'argent.

69 — Service de table en métal argenté de CHRISTOPHLE, composé de :
Douze fourchettes.
Douze cuillers.
Douze couteaux.
Douze couverts à entremets.
Douze couteaux à dessert.
Deux cuillers à punch.
Une louche.
Une cuiller à compote.
Une cuiller à sucre.
Un couvert à salade.
Un service à découger.
Une truelle à poisson.
Un casse-noix.

Une pince à sucre.
Onze cuillers à café.

EVENTAILS

70 — Bel éventail en nacre finement sculpté et rehaussé de dorure à petits personnages, amours, ornements et vases fleuris, feuille en satin peint offrant au milieu un hymenée et sur les côtes des médaillons à bustes de femmes, des amours et des colombes, encadrés de paillettes. Époque Louis XVI.

71 — Eventail en écaille blonde avec chiffre A surmonté d'une couronne en diamants, feuille en dentelle blanche, point à l'aiguille.

72 — Eventail en nacre finement sculpté rehaussé de dorure à petits personnages, feuille en soie crème offrant des corbeilles de fleurs. des vases sur gaines et des oiseaux de paradis sur des branchages. Epoque Louis XVI.

73 — Eventail en ivoire sculpté rehaussé d'or à petits personnages, feuille gouachée offrant les Divertissements champêtres d'après BOUCHER, composition de nombreuses figures. Epoque Louis XVI.

74 — Eventail en nacre, feuille ornée d'une pein-

ture représentant la Charmeuse de colombes, signée J. PALLI, encadrement en dentelle blanche.

75 — Éventail en plumes d'autruche noires, monture en écaille brune avec chiffre R. A. et couronne en brillants.

76 — Éventail en ivoire sculpté et peint à sujets chinois au milieu de rocailles, feuille représentant la Danse champêtre. Époque Louis XVI.

77 — Éventail en ivoire sculpté à petits personnages dansant au milieu de rocailles, feuille offrant des personnages près d'un puits.

78 — Éventail en ivoire ajouré, feuille représentant le Triomphe de la Beauté. Époque Louis XVI.

79 — Éventail Louis XV en nacre sculpté à petits personnages, feuille peinte à la gouache représentant des personnages assis au milieu d'un riant paysage.

80 — Éventail en nacre sculpté, feuille peinte représentant la Déclaration, signée NETTER.

81 — Bel éventail Louis XV, monture en nacre plaquée d'or, feuille peinte représentant la Famille de Darius implorant la clémence d'Alexandre.

82 — Éventail en bois sculpté. Travail chinois.

MINIATURES

83 — AVENEL. Portrait présumé de Mademoiselle Georges, représentée coiffée d'un turban et couverte d'un châle en étoffe jaune.

84 — NETHER (1808). Portrait de jeune femme assise dans un jardin et garnissant une corbeille de fleurs.

85 — LANGLOIS. Portrait d'homme en redingote noire avec gilet en soie brochée, la main droite appuyée sur un livre.

86 — ECOLE FRANÇAISE. Jeune femme décolletée, les cheveux tombant sur les épaules et couronne de lierre enserrant les boucles.

87 — CHARME (L.). Portrait d'homme en costume marron doublé de rouge, chemise à jabot.

88 — ECOLE FRANÇAISE. Jeune femme en buste, coiffée à la napolitaine.

89 — ECOLE FRANÇAISE. Jeune femme en costume vert, avec écharpe rouge lui enserrant la taille, nœud rouge dans les cheveux ; dans un écrin en cuir rouge.

90 — ECOLE XVIIIᵉ SIÈCLE. Portrait de dame noble polonaise, représentée coiffée d'un chapeau à plume, fichu blanc et manteau rose bordé de fourrure.

91 — MULLER. Portrait d'officier du Iᵉʳ Empire.

92 — ECOLE Iᵉʳ EMPIRE. Portrait d'homme regardant presque de face, en redingote bleue et chemise à jabot.

93 — ECOLE XVIIᵉ SIÈCLE. Portrait de femme, coiffure à boucles ornée de nœuds en velours noir. Peinture sur cuivre.

94 — VESTIER (Genre de). Portrait de femme en robe décolletée rouge, avec manteau bleu sur l'épaule. Peinture sur cuivre. Cadre bois doré.

95 — ECOLE FRANÇAISE. Portrait d'homme en costume marron. Cadre en strass, suspendu à un nœud de ruban en strass.

96 — ECOLE FRANÇAISE. Portraits du duc et de la duchesse de Courlande. Deux gouaches. Cadres en marqueterie de Boulle

97 — ECOLE FRANÇAISE. Portrait de la reine Hortense de Beauharnais.

98 — ECOLE FRANÇAISE. Portrait de femme Louis XIII.

99 — ECOLE MODERNE. Portrait d'homme. Cadre en bronze.

100 — ECOLE FRANÇAISE. Portrait d'homme en redingote noire, cadre ovale en or, au revers fond émaillé bleu.

101 — ECOLE MODERNE. La reine Marie-Antoinette, d'après VIGÉE LEBRUN.

102 — ECOLE MODERNE. Jeune femme assise Louis XVI.

103 — ECOLE MODERNE. Portrait de femme de l'époque Louis XVI.

104 — Portrait de femme. Cadre bois noir.

105 — Portrait d'homme, montée en broche.

106 — Portrait de femme.

OBJETS DE VITRINE

BIJOUX ANCIENS

107 — Petit pitong en cristal de roche finement évidé et sculpté, offrant en relief des branchages feuillagés. Travail chinois.

108 — Petite coupe, forme fleur de lotus en sardoine oriental finement sculpté et évidé. Travail chinois.

109 — Flacon à betel en verre gravé, représentant
des dragons en furie.

110 — Petite boite ronde en ancien émail cloisonné
de Chine, décor à fleurs sur fond bleu turquoise.

111 — Bonbonnière ronde en argent veiné incrusté
d'une turquoise, monture or.

112 — Baiser de paix en bronze, la descente de la
croix. XVIe siècle.

113 — Bonbonnière en argent gravé et doré, couvercle orné d'une miniature, portrait de femme à
coilerette sur fond émaillé vert, bordure ciselé à
branchages enrubannés et ornés de marcassitte.

114 — Moulin à poivre en métal gravé et argenté.

115 — Petit sucrier en argent, Style Louis XV.

116 — Collier avec croix en argent, enrichi de cail-
loux du Rhin. XVIIIe siècle.

117 — Boucle ovale en strass, dessins à feuillages.
XVIIIe siècle.

118 — Boucle rectangulaire à double rang de strass
avec nœud de ruban en améthyste.

119 — Agrafe double formant plaques de corsage,
ornée de strass. dessin à ornements feuillagés.

120 — Décoration du Christ de Portugal, croix en
strass et grenats suspendue à un branchage fleuri
en strass.

121 — Netzuké en ivoire : chien de Fôo.

122 — Netzuké en ivoire : cheval couché.

123 — Netzuké en ivoire sculpté : personnage riant
assis sur un socle.

124 — Netzuké en ivoire sculpté : squelette tenant un
fruit.

125 — Figurine de magot assis en pierre sculpté et
peint.

126 — Groupe de tortues en ivoire finement sculpté.
Travail chinois.

127 — Bonbonnière en vernis à rayures bleu et or,
couvercle orné d'une miniature jeune femme
Louis XVI, monture en argent.

128 — Bonbonnière ovale en argent doré de style
Louis XVI, couvercle orné d'une miniature représentant une armée passant dans un défilé.

129 — Bonbonnière ovale en argent doré, guilloché
et ciselé à trophées de musique, style Louis XVI.

130 — Paire de petits vases de Satzuma, décor très

fin à médaillons de petits personnages en émaux
de couleur sur fond d'or.

131 — Petit brûle-parfums de Satzuma, décor très
fin à objets d'ameublement, panse ornée de lam-
brequins, couvercle surmonté d'un groupe de
fruits.

132 — Petit cylindrique décor à cartels et médaillons offrant des guerriers et des scènes familières
sur fond d'or.

133 — Dix boutons anciens ornés de fixés représentant des paysages avec ruines et des marines ani-
mées de personnages.

134 — Socle d'applique en faïence de Delft, décor en
bleu et polychrome.

135 — Statuette en porcelaine de Saxe : petite fau-
nesse.

136 — Peinture émaillée sur argent, portrait de dame
de la Cour de Louis XV.

137 — Deux poignards anciens de Perse, monture
en cuivre argenté.

138 — Boîte en écaille, bordure en or ciselé et feuil-
lagé, le dessus est orné d'un émail à figure de
jeune femme enguirlandée de fleurs dans un encadrement en or à feuillages au milieu de rin-
ceaux.

139 — Pendentif en or émaillé XVIe siècle orné de fleurs taillées en forme de diamants tables, offrant au centre une petite gavroche représentant la Sainte Famille.

140 — Applique en or émaillé surmontée d'une couronne, toute parée de glaces taillées en forme de diamants tables XVIe siècle.

141 — Boîte oblongue en émail représentant sur le couvercle le jugement de Paris et au fond Diane et Calisto, monture en argent.

142 — Dix petites miniatures [rondes, offrant en relief, sur un fond bleu gouaché, des paysages animés en cire blanche, encadrements de cuivre époque Louis XVI.

143 — Deux curieuses pièces en liège découpé et façonné représentant, l'un : un phare au bord de la mer et l'autre une tour en ruines au milieu d'un paysage.

144 — Pied de coupe en argent ciselé en forme de Danphin, travail d'Aucoc.

145 — Coupe plate sur piédouche en argent repoussé et gravé. Epoque Louis XIII.

146 — Petite chaîne en or.

147 — Etui en or gravé. Epoque 1er Empire.

148 — Cinq pièces : dé, ciseaux, étui et porte-crayon en or et acier.

149 — Plaquette en bronze argenté par Roty, souvenir du Jubilé de Pasteur.

150 — Sonnette en bronze style Renaissance.

151 — Bas-relief en fer repoussé et gravé, tête de dame style du xviie siècle, cadre en bois sculpté.

152 — Bracelet en argent repercé et broche à châle ornée d'un émail.

153 — Miniature d'époque Louis XVI, portrait d'homme.

154 — Epingle à chapeau ornée de deux turquoises et une rose.

155 — Etui japonais orné d'appliques en bronze.

156 — Deux coupes, l'une en jade, l'autre en agate.

157 — Quatre pièces en ivoire sculpté : groupe, buste et statuettes.

158 — Intaille sur cristal de roche.

159 — Deux petits cadres ovales en bronze ciselé de style Louis XVI.

160 — Ciseau à raisin, moulin à poivre en métal argenté, petit encrier en bronze cloisonné.

161 — Petite vierge en bois sculpté.

162 — Plaque en faïence italienne Sainte-Famille.

OBJETS D'ART, MEUBLES

163 — Joli buste en marbre : la petite Frisette d'après HOUDON.

164 — Groupe en bronze : l'Enfant au chien de Lanzinotti.

165 — Buste en bronze : la Belle Gabrielle.

166 — Paire de bras d'applique en bronze stye Louis XVI.

167 — Deux vases en bronze sur socles en marbre. Ier Empire.

168 — Paire de chenêts en bronze, style Louis XV.

169 — Statuette en bronze : l'Aurore de Beer, disposée pour l'électricité.

170 — Petite statuette équestre en bronze.

171 — Buste en bronze : Bacchante d'après CLODION.

172 — Groupe marbre : Femme au Satyre.

173 — Buste d'homme en bronze par Marius DURST.

174 — Grande suspension en bronze et bronze argenté à vingt lumières disposées pour l'électricité.

175 — Fontaine en faïence décorée à bouquets de fleurs.

176 — Pot à bière en verre allemand.

177 — Deux bustes de femme mythologiques grecques en terre cuite.

178 — Deux chenêts cuivre style Renaissance.

179 — Fusil oriental finement ciselé et damasquiné d'argent.

180 — Sabre japonais en ivoire sculpté.

181 — Deux bouts de table en bronze et bronze doré à figures de faunes.

182 — Bahut ouvrant à quatre vantaux séparés par deux tiroirs. Epoque Lquis XII.

183 — Panneau en bois sculpté.

184 — Garniture de fenêtre en damas de soie rouge.

185 — Paire de bottes, cartouchière, pièce de harnachement et coiffure de forme arabe.

186 — Huit housses en soie bleu avec applications de soie jaune.

187 — Carré de soie brochée à bouquets de fleurs sur fond crème.

TABLEAUX

188 — BONNINGTON (attribué à). *Barques sur la Méditerranée.*

189 — DESHAYES (Ch.) *Paysage avec cours d'eau et figure de paysanne, (effet du soir).*
>Forme ovale.

190 — ECOLE ANCIENNE. *La Carriole des bohémiens.*

191 — ECOLE ANGLAISE. *Jeune fille jouant de la flûte.*
>Pastel.

192 — ECOLE FLAMANCE. *La Rentrée à l'étable.*

193 — ECOLE FLAMANDE. *Jésus et Madeleine.*
>Gouache.

194 — ÉCOLE FRANÇAISE MODERNE. *L'Auberge Legras : « Au rendez-vous des paysagistes ».*

195 — ECOLE FRANÇAISE DU XVIIIᵉ SIÈCLE. *Portrait de jeune garçon.*
>Dessin rehaussé.

196 — ECOLE FRANÇAISE DU XVIII° SIÈCLE.
Officier et sa famille, scène d'intérieur.

197 — ECOLE FRANÇAISE. *Portrait présumé de
Catherine de Russie.*

198 — ECOLE FRANÇAISE. *Fidèles reçevant la
bénédiction d'un évêque.*

199 — ECOLE FRANÇAISE. *Paysans attablés au
pied d'un arbre.*

200 — ECOLE FRANÇAISE. *Portrait de femme.*

201 — ECOLE FRANÇAISE DU XVIIIᵉ SIÈCLE.
*Portrait d'homme vêtu d'un habit rouge et d'un
gilet orange.*

202 — ÉCOLE HOLLANDAISE. *Ananas, Pêche et
raisins.*

203 — ÉCOLE HOLLANDAISE. *Nature morte.*

204 — ECOLE ITALIENNE. *Le Christ et la Vierge.*
Deux pendants.

205 — ÉCOLE ITALIENNE. *Sainte Famille.*
Cadre bois sculpté.

206 — ÉCOLE ITALIENNE. *Moïse sauvé des eaux.*
Cadre ancien.

207 — ÉCOLE MODERNE. *Village de pêcheurs au
bord de la mer.*

208 — ECOLE MODERNE. *Port de pêche marée basse, effet de lune.*

> Forme ovale.

209 — ÉCOLE MODERNE. *Bouquet de fleurs.*

210 — ECOLE MODERNE. *Soir d'été paysage avec figures et animaux se désaltérant*

> Forme ronde.

211 — ÉCOLE MODERNE. *Le Moulin.*

212 — ÉCOLE MODERNE. *Soldat du 7e Régiment de ligne.*

213 — ÉCOLE MODERNE. *Aigle aux ailes éployées.*

214 — ECOLE MODERNE. *Portrait d'homme.*

> Forme ovale.

215 — ECOLE MODERNE. *L'Enlèvement d'Europe.*

216 — ECOLE MODERNE. *Personnages dans une grotte.*

217 — FARYS (Van). *Moine et gentilhomme visitant un reclus.*

218 — FLERS. *Chaumières dans un paysage boisé animé de figures.*

219 — GREUZE (Genre de). *Portrait de jeune fille.*

> Pastel.

220 — HOREMANS (PÉTRUS). *Gibiers morts et ustensiles de cuisine.*

> Deux pendants.

221 — ISABEY (Attribué à E.). *Le navire en détresse.*

222 — JONGKIND (Attribué à). *Village au bord de la mer, effet de lune.*

223 — JACQUES (Attribué à Ch.). *Paysage normand animé de figures.*
Dessin rehaussé.

224 — KREYDER (A.). *Raisins dans un plat en faïence posé sur une console.*

225 — KREYDER (A.). *Abricots, prunes et framboises.*

226 — KREYDER. *Fleurs.*

227 — LUINI (attribué à). *L'Adoration des Mages.*

228 — OS (attribué à Van). *Temple. Tulipes roses et pivoines dans un vase.*

229 — SARTE (d'après André-Del). *La Présentation au Temple.*

230 — SWEBACH (attribué à). *Le Point de vue, halte de promeneurs dans un paysage.*

231 — TROYON (attribué à). *Le Pont de pierre.*

232 — ULRICH. *Barque de pêche à marée basse.*

233 — VERNET (Ecole de Joseph). *La Cascade, paysage avec figure de pécheresse.*

234 — VIEN (attribué à). *Portrait de femme décolletée vêtue d'une tunique bleue retenue par deux rangs de perles.*

235 — Objets omis.

RED. :

18

graphicom

0 1 2 3 4 5 6 7 8 9 10

MIRE ISO N° 1
NF Z 43-007
AFNOR
Cedex 7 - 92080 PARIS-LA-DÉFENSE

BIBLIOTHEQUE NATIONALE DE FRANCE

****

CHATEAU DE SABLE

1996